眠夢之影
月亮吻海 著

自序

只向內觀，一個名叫永遠的未來。人心已隨意氣，歲月如波濤，有時平和自在，有時暗濤洶湧。身軒，若儀目向那文雲相去，一切只介於朝涼的浮光掠影。靈思中，以人我最高，法性最大，若搏絕於夢中之幻，與那杳杳之乘臼，手光，簡約探麗，若依寺風相思而過，一如慶素那簷宇之鈴。人中邊淡，就如那朝思暮想的心語。這些年，過著一個人平凡的日子。人世浮沉，深居簡出，寫詩，就可以究竟無我。我此本詩集囊括了我這近兩年收錄於詩社，和在網路詩社團收錄和比賽得獎作品，請細細品味。相逢即是緣份，希望您會喜歡。

月亮吻海—誌於２０２３。

目錄

我的其它散文詩新詩作

我的詩作

我的組詩（刊於秋水詩刊193期）

還在

如果灰色慢下腳步
那流星就劃過舊城
如果在藍天上縫休塵埃
那白雲怎麼又來得及玩躲貓貓
而在我的大奧電影院裡
還在上演著紅綠燈
與老鷹捉小雞的故事

風生

於是太陽也恭敬了嗎？

若窗台邊的汁液失去嫩度
那植物的脊椎又在何時下酒
我在園丁的右邊念經
再生苔的鐘佐裡複訟著三角習題
載截去髮的祭典
在汗顏的松裡風生

申誡

若是夢遊也會進化
那愛情就會天天開心
若案牘也會聽心
那我就去申誡佛心

悟道

如果音樂悟道了
那電腦的蒲草就願意鬆軟
如果雲悟道了
那雨滴就再現在

如果寺悟道了
那昌盤就對著佛崗面壁
如果氣象悟道了
那重天就不會再增重

荒箇

生命的簾色
就由你我來領銜主演
若是執氣著魚綾的韻腳
那又怎可合和穆勒
於是我絕對著絕對
再樓夢的千載中
赦免了一蒂的荒箇

璀璨星濤

我聽見島嶼在唱歌
我聽見天使在禮拜
於是我讀到了星濤最璀璨的一頁

在不斷閃爍的旋轉海螺裡

夢．冬雪（刊於秋水詩刊195期）

夢一再起靈裡擣杵
在靈氣中枯揚幾片年齡
每個海岸
都有著不同的海浪聲
於是雲的腳指搖搖頭
在電車上的輕覽擄走了素風的貞
水若藏吻心冠
酌竊則勿空花一襲百年茵草
證花開花落若有重擲
菩提也會有了音樂的時候
瞧
那不就是騎單車上下學的學子嗎

不起卻仍在輪胎問路

投生在一處無車的因果
輾轉著栗鼠的側臉
卻由是一舉層次的香
嚷嚷那灰濛濛的氣候
是妳早睡早起的氣色
若神式召喚一鏡
千里唐關的山水
於是夢咒則多了一竣南河
瞧
這不就是那騎單車上下學的學子嗎

旖旎的冬氏則若那棕色的蘭毛
阿難也曾是烏偈化出的克數
鑲著蓮荷的鐲若是彌陀的一環沸騰
意淫的月光或許還餓著肚子
若靈眼即度著月子
丈量著一站再過一站的戲花男子

瞧
這不就是這騎單車上下學的雪子嗎
瞧
這不就是一戲騎單車上下學的雪子嗎

親人斬開一盞人親的履
在性空裡通聞三聲
一即無我氧
二即無人養
三則無壽者癢
輕盪
卻太容易混淆一世白月海的髮牙
鐔蛇袖早已在雷峰塔前卸了夏妝
瞧
這不是那騎單車上下學的戲子嗎
瞧
這不是那騎單車上下學的娘子嗎

香夢兩首（刊於笠詩刊352期）

玄

夢被裹粉
被炸得金黃酥脆
原來你不過是一條
被燒餅夾著的老油條
如一個退役的老兵仍油腔滑調
記憶則喏在夜裡延燒
那他就會夢見上發條的鐘情

懷

河草笛聲
在天際邊落撿
一城泛黃的天鵝堡
而和和的茶啊
鑿在訶裡自有他人度化

我拆開喝的禮物
再續一杯秋天

夢液．殘稿紙灰（刊於創世紀詩刊215期）

夢液
不過是
噎到了一顆
四縫線球

千年花
與牽牛花
與近乎瘋狂的樹
斷訊

馥鈴
與豎琴
封螢
轉繞風厄夜

空的廢棄
是坑的誌勿
若花材流過了
齣齣宿銀

依從滯電
與掌心的痣
藍抱你與
相念的雲

罪色
壹夏
莫淪紋與
如入迫擊砲的煙塵

匆匆耳語
斬綿讞世

不過是一唁荒喻的
殘稿紙灰

荔月（收錄於新詩路2022 07每日佳作選讀）

我們總愛在
荔月的覺海上
划著詩歌的小船

我們總是在
樽日的侍樂裡
搭起友月的橋樑

而我們總是允許
譬喻系光星煦
一弘嚴照涼寂的樁響

而我們總是
在那虛無心坊
詠築一嶼席沐的曼行

臨晴・愛（此首榮獲新詩路２０２３春季競寫佳作）

一座水蓮山
夢腳底踩過
少數星光
拔涉多少溪床

一抹翠綠
劫了
礫土的手
在金星刁月的冥婚

我佚
思透了寡
在靈吟間
有了透後的謠傳

雙性
戀著傾向
藍色的琴
輕輕想起大海

我的新詩（刊於新詩報）

在雲端（樹的專輯）

當寂寞裸睡在落地窗的另一邊
樹幕一樣剪著陽光的影子
何不讓妳我重新打造一座咖啡的，教堂
如我，荒涼發了芽
如妳，愛過臥波的吻
磁場，也會長出了翅膀
在無我聲散的日子
我騰出心酩的詩稿
靜坐在蕊間的天使
在雲端

二十四節氣之雨水（燈的專輯）

若我箔坐在元宵的文椅
那無愛則是不朽的燈謎
若在只是經過如迷宮的蟠鐘啊
則減輕了重蘊的天光
若載浮在雙耳的捷運中幅泳
如那音舍的咒語
於晨間雨水惺忪的彤形

春之夢（房間的專輯）

春之夢
聞到了窗邊的野薑花香
沉睡再一籃聲光囈境
在雲朵裡攀爬天梯

只見妳用落花的豎琴和著
如一指花海的房間
對於這夢裡夢外的歲月
湧出了嶄新的夏卡爾

如是我如糖如化
再收集那靈耳的悄音
與寂藏於那潮間的月
有了初吻的祈禱

夢深夜曲（房間的專輯）

春之夢深
再天際邊泡湯
融化了一身的雪
卻殘留著一捺對琴色的虔誠

或許鋼琴詩人也都曾數算著
房間裡還有幾隻耳朵
能夠再聽見他一夢的夜曲

徜徉在浪魄之中
化成了思春的茶
若那荼蘼的花音

夢來作客（躲的專輯）

夢來作客
宛轉於文牀前
月光不加修飾
傾斜的報紙風

一顆塵埃
有了一瞬的起伏
舞動於一生的海

聖徒的肉身
乘風破浪
如播下一世不壞的花詩

春睡著了
卻仍躲著
臉龐上的淚流

埃及變奏曲（躲的專輯）

一字夢
自風中取出
若春夜躲著夏夜的人面獅身

於是月陵低眉
若是出埃及記的
靈曈變奏曲

如法老的薄荷葉
一試東風
有了清涼藏靜的獨白

穿梭於此盛裝的時代
時光機的尼羅河域
宛如還長宿在金字塔前

港都風華（秤的專輯）

一隻花蝴蝶
拍翅與收翅
像極了一秤空性的酒
飲入心腔裡恬恬對開

一輪摩天輪的夢
如天使給了一個溫厚的港灣
在心裡浮蕩著
那一醒瞳的虹彩

豎琴上
指尖如攀爬都會的霓虹燈
那一瞬即逝的風華
靜心則過於靦腆

我曾在愛河邊
吻著步入雲端的愛人
那是屬於封塵已久
又如鑽戒的星訣

詩蹤的浮萍（浮萍的專輯—此首同步收錄於這一代的文學）

拉赫曼尼諾夫的鋼琴協奏曲
我在冷風一旁聽
若依此不識夏空的水性

詞闋卻還在那眠夢的上一個冬日
刁著整山
囈如指月的晶螢

心若如獲得泡電
聲靈也成有了儀跡
啊，我仍是一朵詩蹤的浮萍

夢眠之翼（疊的專輯——此首同步收錄於這一代的文學）

眠夢影
隨著夢眠之翼
跳耀著水林的云知了知了
而秋織布了

若睡著的耳朵
朝向那月念海波
猶如靈魂
一拂一回的諦與深交

而傾空總是與山眼錯開了
一對戀的情私
而竹風的心啊
總疊向長廊那一寒行

雖蛻化時著雪瓦璃缽
那音符總會如那一片片的段落
以無名之寺
傳神那無盡的尾聲

我於這一代的詩歌與中國海外龍鳳文學上刊三行詩（收錄於這一代的文學）

緣起（外兩首）

山雲
遇雨手
一出離便是整座觀音

修行

若再誦持
一則水蓮古月
則是在無中取靈鏡

時光
禪石
則在七宇功黛粉
是天重在眉心之間的紫虛

座（外一首）（此篇推優刊於中國海外龍鳳文學紙刊）

茶若朗朗入定
則隱遁了
三線香的愛摸摸茶

祇

偃月將雨水上鎖
再輕輕扣上俏皮的
淺草雷門

茗和（外一首）

寂光佐茶
神色自若
一花一如來

側臥

讓九尾弧
沉風片擷
軒窗的鈴眷與媚涯

鍵影（外一首）（此篇推優刊於中國海外龍鳳文學紙刊）

銀樹下
為自己儲一台鋼琴
以在秋的光軒彈奏

匙光

金風是陽光照入的芥蒂
如月訊為愛緩食沱雨
再塗上彩虹梯的架采

交濟（外一首）（此篇推優刊於中國海外龍鳳文學紙刊）

雪的穴道人間
被月光按摩著鬆
好讓騷人墨客猜猜手指邊的靈夢

聚賭

三個六歇著
若骰盅開一竅孔
夏夜裡的正俠客傳些什麼

我的散文詩新詩於這一代的詩歌（收錄於這一代的文學）

思父思（此首散文詩同時榮獲每日一星佳作選讀粉絲團收錄）

今日，誼瞠見父親的背影，讓我生覺起，在孤我，這些返長的日子裡，啟是他陪我走過一直執而難走的殘路。而仁若，反轉那生命中的，花開花落，是仍反覆著，開了又謝，謝了又開的花棋，程指著循尋不息的荒觀。

我和，那人生中諸對立，與矛盾，卻正好也是他所給予，猶感是在那次次夢迴時，是仍參不透那太高的青山，和太深的水淵。眼前，我只有飄渺的愛了，卻已足足見證了，平凡而渺小的受斗。

我卻仍坦坦如向格愚者，老是剝削著靈魂的壽度，在一次又一次無任的捧露中，就對那純正的蒼宇相啊，亙是一座孤島，誨若挽留著一波又接著一波，那生生昔昔的鏡照，嘆習浪。

我懂，父親是座難攀陡峭無比的英山，而我卻薄殊如那風中之燭，莳不見那凋零完美的塑乘，爾在窗軒的頤持中，以那唇碟之淳陳，抵盪了那參拜著宿，捺禮水月空鐘的素磐。

更是猶能，藏修著幾曲取心的勾聞，法揪著零星的易耳朵朵，相如同那挪一之間，回聲如一兼酘絡的咒喉，在應延齡的朝香中，緩醒爭訥夢，予世那已如孔明扇荷中，那勝顏的瑞瞳。

九份行

聽了一整晚的現代鋼琴，我想念妳。今天九份天氣很好，讓人融化在九份山陽裡，原來心打開就是這種滋味，也算酣一場「九」足飯飽了！九份山色盡是特別，只是特別，如傷悲不能渲染山色，陽光得燦爛，絢爛得迷人，在感受了九份人之熱情，心隨性飛揚，看山看海，感到一個人的自在適恣。美麗山海交鳴，交織在九份晨光裡，由如在人聲費洛蒙穿梭，無可挑剔，臉色也添有幾分晨光春彩，若在深冬之後，瞥見幾支冒出之春筍。

在山城咖啡店，喝了一杯黃金咖啡，咖啡店老闆娘，隨性之至，也調侃至極，如出閘骨董，令人驚喜，但絕不輕言得無價。我看見雲朵家聚，看見雲朵飄走，想起今早電車上兩名長者之風範，是一種說不上來親切熟悉，一定是良久修行人，如山化成春花朵朵風範，碰觸不著，而有如雲走勢，令人生羨，也令人敬畏。

有緣何需一場遇？只需言莫折笑中，便一覽無遺，讓人印象深刻。至於山城，則是愈夜愈美，依今朝大太陽看來，我這朝山過客，也該謙讓幾分，把山城夜色之美，交由人潮隨波吧！

一靨．冬浮

尋齋若落啞
晨空則碎了芯髮
如赦觀法一靨
那朽更的訶虛

再把咖啡香磨成一程
於是睡漪就沿著心緣
巧了舞那
悲化的夢壽

色界不一
度闋應不該突願痴狂
河的寒烟
乃是一一脆雪

於是琉辰拿起一卷
瀝宮的順序
立跪著
靉云的冬浮

我發現你在
發現那蓉暗的出遊
若冷那否誑的因機
乃是染鈴的聽彩

予卿

人生如切思竊私，若臥卿，皆成了疾節露影。冬沿有忘，是仍視如已出。情願忘了月色，卻步卻不如忘了茶水，心篇，伏鐘細似。而時率的錯置，即過濾了受去，令人歲戶留陰，這無可名一的當在。首著平淡無奇的日子，讓人領略了，旁心曾經擁有，若心楞相，則是那暉津的千層派，淺嚐即止，已是萬幸，如臨這百年孤寂，這一嗔一覺，又一滅的俗影啊，已是足即。

是還曾記得哪個時分，令人滿心似喜，那就如水流石齡，令人延覺度素。流雲泡影，卻已是無可禁為的符款。春秋，雨花紛紛，如載緒這大堂宇宙，已挪如僧應，是役那梵唱的聞持，乘指著那不可微怯，又法喜清烟的霄簷。

性空熠四，此憩不圖攏追，如那不起無相的道堅心，就殊那如如不葛無起一夢，傳更那杳杳無珊的琉璃，但設那玄吟洛水長安，心中確實還仍有著那一隅大唐，如拂糾那正益，色那無我憑欄的宣塵。

六根卻早已如案段，掛回已緘，若能再移默那除儲之苦，已是如現。我卻仍絲疼著那一季的細雨，如弘在那人端初生之後的目鏡，桐賞那白皚的乾樂，由我，亦曾思索著這潛無的欲望，如在那耉寶囷之前，徐著一息丈法，又怎能依依喚回那嶔芝之以羽。

就坦在那破庵之諳渺之盅，胡盪了紅塵一煦，再展尚那本龕之心，往那伽捨之路，若凋生那翩蝶之碟屣，禪團反證，那蒲松系逸彌，若介覩投那初起，扼諸無相，嗣那南無之晤會，無生至老，那古歡凌明，我由記得，那一日，一月，又一年之冷濱，往那無山跪去，那朝朝枝以願啊，已是我在世間法最棋荷之浮光，與那預出世域之天單盤和省。

夢緣．蔓延

夢緣在水焰裡蔓延
問木魚要不要
再煨一煨戀的隧道
好抵達一應空的高潮

黑龍的瞳光
則穿梭著一種語言
那是有為
而不曉的天絹

且待我來
用目紡著月的開端
再收起一雯方的食散
格潤著之云的涅槃

喉頭則飄飄欲仙
叉翔著一寂下午
再來一朵金箔泡芙
歲碎平安念念不忘

幽簾卻不願在此風眠
若月下再喃走空靈
如在摯愛的秀髮上
傾灑一染悽鄉的桐雪

聽誦楞嚴咒有感

第一會。

別齋下，一朵紛花，便能芬芳一戲聲的行囊。冬卻仍以吟姿，濡水領，如掬一拓南席，對那川流滌衣，愉是無所從浴的性空。

於是再見你款款素手心櫝，拈墨如洽那頤趣，若天貯那黝黑齡髮，無觀則在那祇簪指，尚留著一筆捨法靈功。

第二會。

若欲盼，來春傳習，則是該揪靚的時候了，而吐納的藝術，飆行已在心蕩漾開來，虛籍就在那椎嘉冬夜，泛那玉洲，如剎臥金邊，或腴或寥，類掛幾易蹤沓星空。

囈語中的梅聲，亦似忽聞況呪，楞嚴會若諫眉那融晶眉雪，在廟庵之前，畫一足時，禮石作揖，便占了昬雄如火的墀垠。

第三會。

尼師說她已靜候多時。我卻剛才思著那久久才得癒的，痼疾，如調伏一整座冬山茶目，文火慢詰。

輕啜一杯循額自在的樸韻蒼涼，又怎沐如得那證，又載如保埵的上啼悲流與圓寂。

第四會。

你飲著月光，欲洗脫那不慍的茶水，性對，卻在一壺嵐中色哲。軒窗鳴鳥，捎來岸意，於是見你神遊物外，洞悉一敕之闋，如再得聞一金縷嬋娟。

中懺，帶著大悲。心起，是從再老額螢螢，傳進示的桑芒，壇古一天地合人的肖唐，無願無顗，飄曉那梵役竺聲，寰會那雪嶋邊會無靈。

第五會。

靜述東方，得聞便是人中稀有，如定訊那月的虧盈，與那浪汐的潮落與潮起，觀一音無煒的諄期，若待雪白再起，則意露冬雪，那一宇，與一咒的心髓。

次第渾等紅塵，階由仁迴珠璣，智想那無壽無靈的空庭，展見了一期一會，皆是大大無為的開一。

現潛．男蝶

菩提樹若一皺起葉子的眉頭
別扮的夢就成了金剛怒目
問是誰偷走了判的肖像
在空裡催生

潮水即誦著天語
若即若離的講習
等到紫薇弄個明白
再讀幾遍遍地開花

你說
再雕琢大地的綠咖啡吧
待呼吸的低迴長了出來
就成就了伏音的方程式

觀音若重現女相
般平凡就褪了色界
禪祖若是有聞風平
就浪靜

襟風
卻只願搜尋一夜街鐘
再見歲月翩翩蛻下
一念月初現潛的男蝶

夢·傾戀

夢在戲水
捲起天的衣袖
空在洗臉
出生無心的果

羽毛若即若離
是孤單的使徒
走出了蘊門
有無幸願

於是囫楓開始膳走
藏摘秋的寒原
木雕則著裝五個袋子
還一試藥收宇斗

史詩的從不訶求
是哪一世的畸戀
卻乃是傾城的
一覺傾戀

默變．冬嵐

螢的火花
識破一冊煽情詩
吹
兩側的臉

菩耶拿鐵
在聖十字架上
淬鍊出三寶的
一矛舍利蓮花

天使與彌陀
攜手打造
天晴的
香格里拉

其燃料出色的
彈奏著
車邊的
癮

檀香默變
愛情剛來了
為重天增色
再贈予一氳冬嵐

來自夢中的詩句

要怎樣才能完全記起
那來自夢中的詩句
如曈搖曳著眠夏的風季
欲喚回已染上螢色的蒼行

詩若出關
詩的花年
已開滿甜美的山頭
如早醒著昇華的筆夜

詩若入關
詩的花心
若已沾濕安溪的水袖
座如夢中乍卸侶的仁者

夢嵐時
前奏卻已不可分
如那初醒的法杵
許諾如風居的靈吟

當桃花妝成了柿子
送靈氣送成了千手
這是來自夢中的笑聲
之靈點化字句點首

如啜一壺鐵觀音的傾杯
彈望著唄羽虔誠的波光
再由那回甘的唇曜
頤開一夢天系的飛揚

含吟．秋香

含吟，如一掬夢中的靈斗
與夏蟬之多少，聞題啼開了水隱
與月亮分享一條巷子
卻寫著此路不通夜光杯

戰地已欲取走
核子彈的童貞
而破發局的末梢神經
卻還迴扮著陪笑的家家酒

若扮東宮
則是季弦的入敬
若扮西宮
則是粉黛的出恭

最終我卻只見小狗兜著圈
跳著楚舞
而老雲則像極了
一曲嘆詞格的骨氣

風國乍起
我卻欲閃躲一粱皇夢
如一心當了處鎖
竟發現裡頭還藏著一線唐伯虎的秋香

夢中的婚禮

夢中的婚禮
像是快乾枯的海市蜃樓
顛眠煙波

夏茶
繼續鑽金牛座的角
嚐起來卻像極了可頌

星光不欲翩扇
明滅如夜的脈博
有了養愚的跳動

閃光粼粼
一影壺的螢子
在繩文裡聲東擊西

無問
一和石種下
那若婆的種子

擺渡人
斗膽
在小乘欲裡咕環

夢色・寒音（獲頒桂冠人文並刊於印華日報文藝這一代的詩歌專輯）

空氣中瀰漫著夢色
是空山在領子
在寂滅海韻的愛琴聲

唄的空梵
再吟著大悲心起
那破慚的不滅不淨

我仍一念念的敬誦
與深藏烏來的神秘玫瑰
在日月裡談著心語

而灰濛濛的空欲色
仍在迴轉
一蒼的和羅

在愚視微信四起
人本兩懷的
再捺一捺寒音

此夢・相通

水藍越過光影
在月肋裡自拔
像一隻被勒令贖回的天堂鳥

鞋雨的騷動
來自河畔的我也曾是
一雙動情的水舞

花則太心
又該怎樣養著
那餘在胸腔的云恩

石欲再起
卻命風無眠
在夢裡已是緣人

娑婆的訶
若不再惦記
那盞灣有無的羈絆

像一座鳥巢
更像一個詞牌
上頭寫著此夢相通

子夜．廊塵眺結

子夜，在寒靈荒涼中多蹭了幾道喘息
我奔跑成街燈愛吃的千層派
切換成一悉堤清音

雲兒若是在天際飄散
則過在異次元的無蹤
夢域已不豫再盤算言樓

穿透玻璃窗的陽光卻像極了卿卿花禮
鬱靜不了接駁空潮的
一行三輪車的影子

冬天若是古文錢的二月
孔洞中還囈游著花茶香的自由
游如衣衣拿薄推厚的陣性敲縮

我揚長在鹿港小鎮的摸乳巷
看穿了先抬起右腳的春光
圓了一場青春期的淨網

就差那麼一點點了
浴花，傾欲落下
又能踱出幾百世前的鏘族

三月，也就差那麼一點點了
英倫機星原來是妳從雪融那漂泊過來的
油桐花雕雨

若集那下午茶的杯羅罐罐
則曾是我那飄浮不定
又廊塵眺結的一語傾心

花音・摩蛇

花音摩蛇
是非初鹹妄動的廠菓
當流星吐雨的甜

被風隔離的摺疊
從來不是
那一片影的情弓
卻曾是那冥冥的火炬
（齡火澆熄的風光）

白開
留戲了水的慰安
在頁的潮薪把派
予毛那小小的聲鎖
（蛻變乃分次衣的蟬常）

雅典娜
向著逗點
迎趨離海的柔方
琴朽一股甕的丈器

懶的寄出
溪中靦腆
蜿蜒的穗
與破空的籃

圓規躊膽
溫度計的汞與鼎
在眼睛過的淪陷
溯轉游胭的圍埕

煙火．走春

煙火
吸吮起來更有力道
（藏身月下的乳暈）

就讓熔岩的靜一靜
那鳳凰移民的夢
（若我已採集若月蝕的古龍水）

梧桐則恰似擁吻著
一束花的樣本
與原力送來的不明飛行物體

台北的天空總是灰
像一個破解生命的快篩
更像電擊了雷鳴心臟的密碼

星星掛掉了電話
若嗶聲後還聽不聾的留言
還想知道哪座山頭沒有光害

鑽石撲通一聲墜入懷錶
像是相約的山雨
與那一克拉的走春

月光・圈擄

一條月光
是被失眠夜拉長的橡皮筋
（得道的夢境乃是冷月圈擄的某一烟荷）

待清酒暖暖
泡碎了骨影
（在空等一隻夜鶯飛回來）

關於採蜜的月份
瑾懷的蜂嗡
不在於謁過花叢的多語

對切則是柳橙紅酒的揖觴
是再敬一杯
不眠不休的螺絲起子

砂囊若偏慌了
如逮到一匙
菸灰缸的溫柔

海終於暗了下來
花則再過三關
詩則化掉了白雪的棉花糖

飛花．跌進紙裡（獲頒桂冠人文並刊於印華日報文藝這一代的詩歌專輯）

飛花跌進紙裡
時空即在堆疊中遠行
如我喚一聲小酌
便燦爛了陽關的思念

春暉漣漪
帶著雨靜靜躺平
風鈴的夢手
卻還在語斜飄飄的心

天際間有什麼正在裝框
是莫內的印象
頓挫在他的蓮池裡
好似撚熄了前生的虛印

羅一會兒的星光
派遣一簾窾夢給妳聽
要妳慢慢的腹式呼吸
再閉上我溫柔移植在妳肩膀上的所有眼睛

貓熊・火炬用心

當貓熊吃著竹葉的動靜
再夢見睡籃的履簷
風若不沁彈一陣孕餌
即頹累的心腔
雖夏
仍嚇倒一行行詩的韻腳

泛頁裡行空
則是屬於詩血的脈絡
如那空性的利刃
面對薩埵的
窖酒
題囀而鳴
冬鍵或許又失散了

但我仍會彈出伸縮於銀橋的琴聲
一再幻霧的神門中
交錯著愛之夢的手指
抑或
是吞下一整年膠漆的球鎖

啊！陽光怎麼灑出了一點彗夢的蹤影出來
再那一整年被空襲警報的下午
任何音階都迭盪進來
任憑甬道的歲月附著燃燒
悄悄起伏並逃之夭夭
而終見識了那火炬的用心

繡球・舍利軒花

妳在天使的眼裡
眠釀曼陀林的眼淚
只為了乘著殘雪
飛躍一話畢卡索的星空
新春則如絡絡絲夢
（扇結履引繡花的風果）

瞧
那洋繡球花的心室
累珠已開出一支陽傘出來
在於入京的靈性心空
醉了睫毛上的煙輕
（如天添歲花的泰山府君）

我仍會坐在一蒲團的茵空裡

聽聞妳數夜的心跳
那如是屬於菱形偏蜜的星雲
一暈一浪
接著神式
推納皆如是立體派遣的潮流

再預估那月下的恆河沙數
揮灑一些羅丹沉思的顛倒夢想
在長空的石奠中
冥想彈聲的舊吟
曲曲
恰似綻放了泄泄舍利軒花

花河·無山精魅

花河月下
在問誰誤把聲聲慢聽成憶雨聲
此行蹤若顫動的方塊舞
卻只願瘦成一朵夏玫瑰的心
（佚花已如那脫竅的劍器）

我猶在橋畔練劍
等一場嬌嗔的雨
雲月
縱魄染衣
（卻由此淡了蕭雨的世界）

一簪游髮
愈包覆茵心
愈著纏離螢傾照的斷句

念卿依能清著一相
觀自在載法流去

隔岸鐘聲是已輕聞如燕
飛卻那宿夜囈話
在禪經裡眠
行行字跡
歷裏成了無山精魅

承諾．歡舞一相

歡舞一相
如喝下了迷春藥的承諾
於是夢囈手牽手飄香
（是沉簷邊緣的百香果）

歲月在如快樂丸的砲灰裡熄而旁聽
側人好翻入一簾神頤
如謎的鬢毛則跳出了染滾舞池
（漸層是次分明的乙太網）

屠體的光
仍擅自獨白
性愛的累劫
占領一戲情人節的影影出昇

陽氣
若那大黃蜂一曲出遊
採蜜如憶彈的功法
再寂索荒夜的紅塵

直到吐納返轉
卻淋到了
一雨輕幽
或是蹲注媒材的月牙泉

幢間水眠
掬獲了如秋一夢
癒甜的空在指縫中溜走
還魂在一垣履的熠身之間

風乘・吸管抓癢

風乘累累
氣球花的臉孔
（癒合是選自一顆念珠的夢）

如吃下一整隻木魚的梵針
迫使時鐘的軌道臨盆
（如電車駛進浪盤的搖擺）

魂魄的接點如吸管在抓癢
配合我最欣賞的ＡＩ主播
如草莓蛋糕的呼吸順道被絲絨奶茶吸走

是誰在思娘
讓鎖骨下的乳頭龜裂
成了一枝絲花的貓空

飛翔湧出了
一理玫瑰石的踢踏舞
迷失在處決空的惶恐

萬花筒出了定後
彼岸的朝涼則翻雲覆雨
開始了小僧入世游的傳說

水仙·偏色偏想

我一直都知道
妳是一株水仙
（還沒開花
就裝成蒜的樣子）

花的骷髏
是藏化於
蛋身的火種
（在變形記的聖殿前被戀蜜澆熄）

而冷汗直流的呼吸
只是為了保住一韻琉璃蔚月
如在薩埵前蛻變的詩字
則有了玉兔的倒時

我卻仍喝出一杯咖啡特調的癢
如在心上誘發一池
偏色偏想的印記
連湯匙的冰糖舞都想妳了

實尾·累時光機

實尾島和平鴿信誓
嚮往純粹的自由
如超現實的金礦
採在那一年失潮的鋒頭
（在煞樹中獲選的年輪）

窺結的一花瞳
不敬真
亦不面假
點祟的囚環的乙影
（致骨髮攝離的監察順位）

風雲
批改了
那累世的

時光機
若闔眠在吸虹式的吋勁裡

薇紋的風輪迴
取代了紫玫瑰的占統風合
當痕轄又默在髓關上的門豪躍動
剃覺同盟握住的心腸
擷取那善切的鬼影

山褂月下
大韓主君的憾氣
擊著燒煉岌岌霧音
如來自未竟的藍鯨
在聽見英魂出海的宿世

—以此詩紀念大韓民國684最強部隊（於1968秘密成立，刺殺北韓領導人金日成未果，後來壯烈犧牲）

箔寂・暮暮朝朝

返祖的風
書涯的鋪比以遠行
我的星圖已被愛造
（並抓緊神國的風信子）

旱魃的血脈
月光卻早已降落
在一萍浮水的鐘聲
（以靈兌的相身）

就以那溫暖的大手
半百無櫃的床被
夏又藏夢在
一隻孔雀開屏的盡頭

宛若南織的 α 波
冥想一歲殖履的鋒芒
方舟卻遺琴在那片刻
深淺不一的天河

一劫眼球則被釣起
科幻電影而過分勤勞
如刺痛了一隻金魚的念頭
因此箔寂的暮暮與朝朝

彼岸・天香之翼

一朵彼岸花祭
焚香
煮酒
能度無邊生死
（波旬的藏為春晚披上
愛的灰色糖衣）

夢的螢思
過於超現實的
光陰癒境
（是誰猶在天地會畔等妳）

春雨羞化
若一場斑斕的演奏
手持有情人間

煙香裊裊

扮跌
出了眠色
帶著偷宿的月虧
去兜風

於是夜漫漫
彼彼
又段段
長出了相思果的諸心

存在於九龍的角
趴著希臘女孩的心
與纏綿紋色的
天香之翼

串慟・空於囊食

一汐虛
為了成為那不成為什麼的
住空
若孰魂於純的心
切下一小舟的靜
（若一金裸鑽
夢游於芒芟的瑯行）

而月陰的誕宿
則凋成了
一時窗辰的傾台
過笞於那無詛的邊龐
是若云星的殿
（羅棋與河蔭
觸播的微霆）

與光合影的琴鍵
若歙逅那
邱比特的嘻鬧
充莳於
穿的夜嶺
與那殖惹的幼羔
串慟著另違的能定

空於囊食
則是那破踵的塵緣
混為吶鐔
那捺秧的娥心啊
牀連於
喏今的襯
以眉門縛走那漫鵑的趨凌

探賞・千熾樑樑

香煙要拉得多長才是甜夢
夢要拉得多長才是故鄉
一語春色無限好
（冷不防是什麼模樣
心絲是二胡的搖搖晃晃）

空白獨自守望的飛行
無人機記憶人工智慧
（在等一個夏天回來）
蟬聲卻早已破技了憂嗓
瘦了背上影的夜塞昏黃

蓮四面佛發了願光
卻浮生一朵薔薇的鐘
離地的滔痡

滯空空蕩蕩
連噬千熾樑樑

午夜一宿輪迴
眠夢的酒碗已是
那純粹的酒量
老化在年歲的山上
探賞星輝熠熠的遷揚

彰夢・八卦印象

若靈霧吞食蝴蝶討艷後的拙火
於此半線八卦大佛坐山誰是是誰
喏孰依忽隱忽現蒔紫樓綠律
宣元麻糬則若有了民生的族類
賴在賴和錦宿的繁夢邊筆寫穹燈

夜的曉陽路隨之掛著東風
在鑾禮行行嘛簇的陣腳
問那孔廟牌樓前的身霄
於是太極亭服下一門深影
在小夢裡漂浮

銀橋試飛瀑布
在時詩的夢蛻裡蹲摶
再試一試小粑子武苑春功

與文水淙淙探出頭來
纏綿夏雲的嶼與藍天

於是城隍廟有了元清觀的子嗣
彰邑關帝廟則捨身取義
金石堂擱淺在光復的戲子
出演拜晴電影的緣份
滿堂春色擠滿眼光

永安勿忘空無的長壽
賜聞那街精的煙誠
又開化在那一年沉寂的不二坊
老扇釋於修有的九龍池珠
有了新形吐納的夢眠

弓風・甲冑還眠

暗手胼光
是在於靈弛影中幻象的私齟齬
含道陪覺
則是與蹤上游的虛傘積會的胴臣

頹空的龍香吐珠
是水花於葶提香的枷矩
忡忡皋晷移植
迫藏於鏢保闃視的金

嬋絕的芙蓉塘
兌介其烜測疾游的亮
屏除諸方慟鬧白泉
是氣音出現在甲冑還眠的症醺

弓風即在空中解體
以推除以那根號的伺環
於銜數篩於垠的銀殿
若是靜璟瞳邊的閂泓

而定力的催促
則繁衍在那飛甯的鏘隍
是在嗵嗵心翼行囊中
那忽擰忽煬的毰毸

鏡子・上光暝療

缺氧玫瑰
射中擲眠的肋腔
顏色注定的染縛
（上光的暝療與芸見術的更容）

拉斐爾的鏡子
貓頭鷹的風度
唱著妳笑起來的樣子
（說再來一首午後的歌）

飢餓的雨季
將登音熬煮成一日三餐
易經的城牆
則聽化尼古丁的升騰

獨裁者的情話
如那風中的釘書機
而慾望城市的廝磨
則是月花式華爾滋

夜行的背影
帶來沙啞的錯覺
大甲媽剛繞境
就把舊夢想開

腦壺的浪跡走不盡
是窗溫馴的回憶
閃光粼粼
而一夢痕輕

太極・都曼陀羅——悼朱銘

宇治金時
是將聲音變成光芒的時空觀
（似曾相識的牧語人的笛
與穀雨出身貢的號角）

我的愛是恆星的三角鐵
在其軌道的終端機卻仍徐徐追日與月
而妳的愛則是行星的三角戰術
是視覺靈沓星象的縷縷籃經

若佛祖的金牛座仍仰慕著一天干逸火
如中道再吹起時代如風軌閤得凝瞳
誘使夢眠在高雄捷運之前的吐納
有了極靜的啜跳

而我還在報紙上
戳出一個個
轉出花僧的黑洞
與蹭磨大氣層的輪迴若老入叢花

憑弔朱銘的太極幸作
若撫養似臥氣際的輕邊
孤孌的秦島則深入頂樓的圓周
隸靜成了一羽仙境的都曼陀羅

烏島・虛曼四月

蟬機刁在樹梢
鳴唱一片湛藍的海
如飛走烏島的心誓衣
甯坐在虛曼的四月城邦

影浪似方
湔洗混沌的魚目
曼殊的流頰琅琅
如讀出大日如來的心語

於是我再觸擊妳的墓頭
卻又如突然躲藏的花朵
一豎孤寂的衣詩
如無所住在那私媾的凥桓

哼著妳心愛的歌曲
占領觴風獵雨的朽金
玫瑰禪的點訣
是一翼氣空的翅膀

於是我們不再去談論
那停擺已久
而如眠之聆的想像
人生最曼妙是瞥見沒有

海德堡的夏夜

一樣的月光
照耀在海德堡的夏夜
我想起當年天使之翼送來的
一千朵野玫瑰之春

難想的今生今世已愛得太憂鬱
如接著此起彼落又鬧熱的荷雨
與妳再次相遇
我也仍懷著鎖眉的容顏

思欠一縷相度的花謝
癡一海螺相對的電話
讓我追憶與妳一段從前
並追泣那一夜夏語唇的初吻

愛的淚珠卻已燃成放縱的徘徊
緊緊將妳我包圍
擔一熾潮水的戀
與嫵媚的推

一條痴心的河
有了拭絕的滋味
磐中的鐵打雨
而雲的夢是不會知道的

火柴盒上的鑽石

雨呪，然已劃出一片晴空
於是流星對天山雪蓮說
每當一隻天使墜入人間
就鑲成了火柴盒上的鑽石

馬諦斯的冰晶若偎成一道閃電
則是善於彈舞的獨角獸光
當牠擊中七夕夜的齋橋
就串成一條條北邦的淚珠

若行瞳倒映的船籍
千劫去入浮寒晚寨
春水月光二著肚子
便澄在夏夜的李床上扇涼

於是妳我成為此奇燈的偏荒
若在時鐘的妝飛裡吐納著紅豆的肺葉
如性與抱縱匆匆成了一藤蜜的心鋒
在畏罪的詩眠裡矯治著愛的玩氧

若在慾望城市點燃一薄粉的火
再把灰色的相思濃縮
把那遺落在宇宙間的煙燻上鎖
星汪就有靜默成了一侶超度罣礙的傳說

夏一場句的開悟

仙人掌船
關起天窗
隨松尾芭蕉搖擺
相遇在夏一場句的開悟

安靜物色的
隙曲
過於恭敬
在慵懶的眠上著床

風隻低語
則是乏善可陳的鳥群
一陣丘風若又流動在花目的泡影上
或又再對峙廊下刁蠻的梅貓

脊髓的時鐘
誤信迴轉的黑
領走琴指間
柔軟的奶與蜜

呼吸的舌頭
若一碗刁摩蛇軸
遠客的光線
則有了夢咒的染雪湯

短詩十四首

〈關於顏色〉

橘色是四點十分
黃色是七點五分
綠色是十點二十五分
我敲移著谷歌
於是那一篇從頭開始的紅色紋路呢？
或是隱心的藍靛紫
於是，我要明白了
我想指點的
向來不是關於顏色的劫數

〈妳的〉

妳的溫度，在第幾天？
妳的身高，又寄托在哪個季節？
若問那恆垣的海魁啊，則投遞著多少

而少多了問驗
在絲星的汽水中，又漸著幾枚夢泡？
於是，我提醒著放牧的時分
點醒著錫頁的霧簿
鶴，像是紅茶
和，是綠茶

〈十二月〉

於是關於那泓從肚臍眼流出的泉水呢？
聖修伯里的小王子城堡囈是用流星雕琢
我則越位了我剛理好的頭毛
規劃著化生的，塑塗
於是嚐出了這顆梅子的甜度，剛好是十二月
再由我寂蛻著上瞳的河水
與毯獏上床
再製成雪姬的紅豆
在餅，與餡的壽引裡
清華鬆軟的荷蛹

〈粉絲〉

如果覺得綠茶酒不夠濃厚
那就不要忘記抹茶的友誼
如果草莓酒在喝氣泡
那就不要忘記草莓大福的粉絲

〈花火〉

於是那些逾期的花火呢？
地圖上記載的夜空又在何時奔放？
京子理的容都又卜卦著多少分煲？
而鏡子裡的殘雪呢，是否仍飲啜著清酒？
於是洋墨水漾發了問棟
直到嗅覺聞到了屬於五月的月行記憶

〈掩著錯覺〉

你的愛情是名偵探柯南嗎？
愛的愛情抑或是永夜呢？
我掩著，溼涼的，錯覺

在唻夏唻臨之前，席捲一葉失吋的煙年
在蠕液的春天，喝下一口曾不心碎的水
於是你也忘情了嗎？
乾脆把昨天與今天，商量成永遠的明天

〈三樓〉
於是那一杯放在三樓的白開水呢？
我平問頓著
在頭路頭角之間
停滯在某階禿頭的階梯

〈是不是〉
你是不是是武士
與拿破崙的情人
在被流放的西西
與里嶋裡
喝下幾ＣＣ的和水

〈番茄汁〉

泡泡報紙的心是
於空洞裡
有幾顆小番茄
於是我逃離了蝕空的黑洞
再將番茄
搾成了百分百番茄汁
餵養那些如風的胃

〈白巧克力〉

沿建的手光是白巧克力
在傾光熠垣上緣又
於是那一年駝背的積水呢？
我說就驟再納那婁山的嗔癡啊
雖有一眸在，來回填滿
那一粟失碎的夏季
於是我檢查著償還的太空
在三蝶的夢臼裡說症

在帆丹的嵐戒中，用力划出，一鏡星遣的歲子

〈木栓塞〉

天使的雪花給我幾個願望
在酒瓶的木栓塞裡跳著浮泳
於是冥王星是哪一支熟悉卻又陌生的舞呢？
我相信
在我們在誤會相遇以前
會存有幾段曾廝守過的愛情

〈喫茶〉

我在八里的左右喫茶
於是我紀念著淡水的鋼杯
黑咖啡則是星期五
在，潮起潮落著對話
漁人怎又法香著碼頭
在純為愛情的辭格上
有我欲落髮的修行

〈天使複製人〉

想問問妳，妳是天使複製人嗎？
似曾相識，讓我心深深動容

〈京鐘，愛情故事〉

春酒，究竟那開花的
無量，書語
在傳商的社話間
御著京鐘的愛情故事

短詩十七首

〈焰光，輕輕舞〉

若是時間墜落了，那朝原何時才能香起
爐灶之骨，皮與血，又待何時何許
我則算準了心唱，在喃摩自語裡，養著漁水
所幸虹彩並未溺於髓墨，在倚，句之逗點
日劇之大體情節，並未脫節韓潮
咖啡雖是獨相，並未選典著砂糖，或奶精
台式鼻息，猶恰似葉葉秋楓之歡狂
在孤雨之傳前，峻吐著樂之痼疾
於是青春的細菌被消滅了
我是，點了一首，膠盤上之奎音
你則，如焰光一般輕輕舞

〈看柳〉

於是宥廢的月亮開始奔波

大千則是解季之霸凌
但在你的手心裡還有著幾本春天
諾言本身不再拆解諾言
於是我再給青花瓷上了一層釉
在江南的兩邊，如衲看柳
山天，雨小島，勾勾手
再沉眠在電線杆和路燈之間

〈不去念念〉
我問一顆米的用情，能有多深
一拿來吃飯夾菜的筷子頭，是圓或禿
還是要允許幾個零碎的夢季潛水
若聽見心經在河邊無為啜泣
是南無阿彌陀佛在觀音
俯拾著太上老君的水樹榕鬚
難道你就不能再多愛九天玄女一些嗎？
如是果的我聞
那乾脆不去念念青春的干容

〈環抱〉

於是香純的月亮終於開始作夢了
我則如願咬著黑巧克力的尾巴
成為鬆餅和可麗餅的公民
環抱又是哪間學校
草莓醬若能再湧出一點吐司
那口袋的風將不再沉默

〈味道〉

如果塵埃是一種味道
那月光絕對不容許失去味覺
阿姆斯壯登月如果造假
在美利堅合眾就不足是國
如果塵埃是哪種味道
那地球就暈成了魔術方塊
若再夢到那酥麻的牛奶啊
就有天成為浮萍的機會

〈翻身〉

森林凋謝了嗎？
我問鐘樹
纏音又怎樣對笑著零星
就連雲朵也在翻身
在夢緣幻掘著精嗔
若睡覺多出了一點貪念
那樣才能成為瑞雪靄靄

〈約會〉

若妳度走了時間的島嶼啊
那我寧願和觸覺約會
我笑著一公分的海水，和下跪的鏡淚
在時針的土壤裡，下法分真的乳腺
於是秒針後成了浮法
若那漂泊的白頭啊
物色著朽老的薰奏

〈詩身〉

如果月亮去剪了一頭時髦的髮型
那過氣的籃框何時才能溫飽
我卻仍雋著我所投出去的書本
在籃球與棒球之間傳聞
於是是誰的顏面神經麻痺了嗎？
事實上是傳播著脖子上的項鍊
而故事一再相片上嚴選著斑點
送給那一紋詩身的世紀

〈ＡＩ〉

山嶺又怎甘願被誤棄
於是我為愛植入了ＡＩ晶片
在人工螺帽中，旋轉電腦ＩＮＧ
但如果妳還是沉沉睡著
如那耳眠的獸
不再領聽，得覺為，挪波悠悠與粼粼

〈度數〉

躊躇的圖騰在記憶
在籠鳥的眼鏡中挑選罣礙的度數
於是連芍藥都出離了嗎？
我燉著一再醒來作夢
無所事事的，對幾首微情歌回禮

〈守宇茶〉

如果是耳朵迎娶了雨水
那傘一定是明天的伴郎
如果天空再下起了雪
那一定是守宇茶的京都

〈回應〉

一顆糖果的弧度有幾年？
一顆糖果的甜度，又可殘留幾個月？
我是昨夜才哭泣的
在天宿的皿床上

輸送著心的履帶
於是春夢也回應了嗎？
我讀著，如著了，向晚的，數目
期許著骷影
那似逮重的，絲節上映

〈古吶〉

而那些不再發光的蘋果呢？
當大師蛻變成幾首短詩
沐浴何在？
我卻猶黎明著，古吶
在思索之前，之間
在遺落之前，之先
馬鞍的紋理又有何曲折
就憑藉那隨地的洋芋
任加叼走了一季的時辰

〈春捲〉

春捲是疑問句，抑或斷句
在牽手的千手間
由我蛋席著鋪羅移蜜
於是您的星光十四行呢？
於是我覺得初吻
我是這麼覺得
我就這樣覺得

〈火箭〉

肢是火箭，在升空禮前
由我茹塑著太空梭的四航
來訪宇宙間的桃李子
在灰蕪的塵祀中跪夜
如有七彩染成了虹采了嗎？
再再嘸下臭氧層的瞳眼
出三界了啖著餘絨
而銀河系的三個晚上是甜中帶酸的

於是人瑞有了人端的雌，與雄

〈譜水〉

於是臣於夏天的譜水呢？
松尾芭蕉是否仍咬著葡萄
我則，拿蒲速的髮尾來釀酒
私釀著滿滿空夜的驚訝，與問號
於是希臘是不會責怪逗點的
在愛琴海域，我則流諸鍵非鍵
再浮現那棋棋說覺啊
泗宜著司相的溫回

〈陽光〉

於是陽光看見了嗎？
若還潮濕的，將不是誰的修為
是誰在虔誠禱告，一些攙扶的希望
難道教堂也會公轉自轉
在春泥殼的仲夏夜裡

妳數著不再抽竅的流星教室
於是我拍拍心靈的肩膀
在菩提葉下，選下屬於藍調的雋望

飄泊雲的約會

那喀索斯依然蹲坐於湖水前
而虔誠的詠歌仍怯生
交影的言語又開足傾斜歡愛的圮垣
於是一式之寒開始換片成形

幾個世紀各自歸航
一團舟夜臨港
保持溫度的北極星後
還有短暫的瀟雨

移聚衰老的城市
懷有了心律的氣宿
世俗的規律
有了楓蹤適宜的季節

夢囈則在招募螢火
花香在天籟中沉思
等藍玫瑰風睡起來
飄泊雲的約會

二十四節氣正在
醞釀霜白的安靜
而來春踮步落羽
我在我的星笛裡斷翼

召喚一隻藍彩蝶

召喚一隻藍彩蝶
望向一段子光束
潮水空銀裡使去
踢飛揮袖
卻游觴了月夜的點穴

彩蝶以翩舞
奪取撲克臉眾的目光
只見牆邊擱著的一把傘
在心裡說下雨天
而收起了娥頁的窗情款款

夢是無邊的旅居
在瑤船芯頭上
脈脈的慢耘

若手出一禪一寺
有著背心光影的交互輝映

風流夏了光
耳海朝秋緣
捎來微微溫柔
是誰的手在鬱搆成眠的冬雪花
踏上那尋月之園

風書的才查
有了鬆密的甜度
而因此下午茶光
萊姆尼拂羽
抽梭了一段荒時光機的寥床

大黃蜂的盤腿

十二月的風
如大黃蜂的盤腿
將花海的影子螫成涅槃
十二月的種子
如在風月上撒火
企圖將她瞧得一絲不掛

一如汐隙的蘊色
循著冬的瞬移
待紫綠光瀉下一撮短箋
再上演蜚耳的戲碼

而花瞳的放聲也已如示現
坐登一提煉雪者的彼岸
她光已如無盡奔放的擺渡

心靈交纏
動靜意念
行字間零蔓洞悉
生死又何懼翅的重生

浴火的風唇
在眠巢裡搜索著吻
而潮間帶的頻采叢生
傳播白皚的髮水
再問春夢意下如何

若夢遊闔眼
如幽浮的熱氣球
而空蹤踏成了謎
如誦錄空局的海般尼
於是我默為詩連的城
在摘簷的心
挑拌囈弦的星濤

文字要是光速（此首詩同時榮獲每日一星佳作選讀粉絲團收錄）

文字要是光速
才能跟上影子的速度
文字要是夢速
才能跟上生命的霞圖與坦途

我試著
把文字綁成妳喜愛的馬尾
再末劫的報章雜誌裡
險象叢生

灰色的天空滴下色調
將湖水調出一程
由一翦云
再雙冬的漁火底對那清無的愁眠

若擷一枝香水玫瑰
往那心瓶
放下在那一疊一疊的年中
是耳朵後那雙悠和的翹楚的歌唱聲

短詩十五首

〈蜷梭〉

五線譜與光大約有幾個約定
卻在凝結的勸說裡新不了情
我若能諸見無我
那將若是一緣殘缺的菸蒂
青春的舊址就只是一圓而已嗎？
於是天天在純水的指縫間遛狗
於是河水也覺悟了嗎？
海月的裸體又該如何電解
在松果的重度裡，蜷梭嫦娥的米堤

〈午后〉

勤勞也會害羞嗎？
在美日的混血裡
我恭敬地合掌

於是安魂曲跳著踢踏舞
在妳邀請茶水的那個午后
如膠似漆

〈休髮〉
而那一些疲累的球鞋呢？
就將我穿針引線
縫補汩汩的臥紙
而妳將在世界中央懷孕
於是墨批不再孤單
在七彩橋上
相會和風的斂髮

〈修羅〉
若薄紗得著和碧
似那擱淺的玉石
我問又有何功德
於是我輕輕的，輕輕的，飛躍

越過那入麻的曙技
在奘典的秤簾中
諦下一唯，修羅語

〈仚春〉

魂光，張揚著舞香
如那美麗的氣勢
繡著傳純的鎧涼
若一再聽見鐘聲
那就是彩霞如注了
我回顏著秧頂
卻如那仚春啊
發願著金剛杵法裔

〈雨酒〉

於是你打翻了那一年的雨水了嗎？
還是你打翻了那一季的雨水？
於是我還是寄出了雨的雙手

在臨盆的雨蘊中
醞度嘉劫的雨酒

〈是漿〉

是漿，是有
我拖曳著蒙面的虹彩
在若聞的覺性中
羽上那無雋的境界
在空召的星體中
瞿求如蛹的解脫

〈綠洲〉

於是睡覺也失眠了嗎？
於是睡覺也失聯了嗎？
我如如無宕著詩心
在脫穎的國度中
席演長經
在莫論的綠洲中

屬下及葉的星星

〈匀都〉
寂寞又怎願寂寞成了國度
時道又怎又願孤寂成了淵藪
我還是依樣，畫著星空的葫蘆
在慢慢來訪的流靈中
細綣著齡數的匀都

〈森圜〉
就讓我再挖掘一點森圜的秘密好嗎？
善男子的貞卜如是人間稀有
在南宇勢的諫從突圍
若再夕納歐洲的步啊
則有著洗憾的功盤
我任隨點了天星期的叻位
在晤土的圖罡
鐘排著席易的鑿量

〈紊舵〉

若哪天我貼上那泛黃的蘊度
那文字又會在禮拜幾失眠
若空天也會紛飛離散
那北緯23點五度的毛羽又在何時遷徙
我若則是耳聞
那青色的諸云又在何時漂走
如浮掌心那持考的紊舵

〈梅雨季〉

梅雨開始散落著季節
於是季節散落著一地的梅雨
與散落一地的梅子一起灑脫
我則盤坐在我的踝後
念送著初峽的年軌

〈愛情城市〉

於是連荷牆的烤漆也心動了嗎？

就由我乘用愛情城市的尾巴塗鴉
再握住咪音的筆夢沃想
幻享那鹽漬的魚香魚
以飛銬之姿
倚挑出蒲綿的茵刺
再挑挑夕啄的小腳
虧一酌時名的月鈴

〈垣依靜色〉

我眷，問著天空的迢迢
我思，則臥我聞
向一瞬曇花之綻
泉氿又平瘓著多少執暈
於是，山的側臉還是
垣依靜色的
涼了下來

〈禪宇〉

我岑勘著角色，在山色知第
雨度了
禪宇的芙乘

門光・太陽雨（此首詩同時榮獲每日一星佳作選讀粉絲團收錄）

我要把一絲太陽雨，系在眾秋清癯的神塚夢相裡
再讓遠距符號如眠船，去清唱出朵朵帶雲的遐想
而冬界的春號角也已漸漸老去
總和了蠟祭赤裸的皚雪
成了燭光綿綿的謎底

番紅花開花落
如占據了一節古禮的
箔蜜與守形
若腹語的定夏暫時空投著
出離慢慢被小手心牽走的線香

辰城，電話不通
我請海茵留言思念
給眾光追求的初吻

若冰韻迷茫
則是轉宿給琉璃二月的冥想

而電吉他的出靈與戀愛講習
彈劾出一縫夢河的
鬆靜與熵噥
如與那被髮音剪短的鐘
羞纏著愛情最青澀的手語

妳仍幢幢
射擊玫瑰臉的
疼愛囈床
一槍有一槍的豔麗
再放下春夢缺氧的空影

相傳以那廝磨的棺耳
能以流星雨命名
一同愛撫山勢的靈水

如牽舀一坍縮的魚茶
再擁抱一瞳侍化的門光

短詩二十首

〈文字，旋轉〉

文字若開始旋轉，如河潮之漩渦
撲克牌之業，是黑桃愛司
於是我開始挑選抓鬼之商傑
在上帝佛陀之間，ｃａｌｌ了穆罕默德
於是美國館的蠟像不再美了
歲月西餐廳，不再供應沙拉
我卻懷念著微糖之英倫紅
如果有一天，沙門化作過眼雲煙
於是我不再執著觀照了，卻仍隨著你之舞步起舞
如失傳之人生功夫
透著心牆

〈水睫〉

鳥是何時不再飛了

雲朵又何時不再飄流
若能還清宿命之債
如那金色蟬翼
若蟬也不憔悴了
那生命的幻變就該到此為止
在禪堂臥席上，我端詳著睏了
在似安之天晴中，我想念來世之娃娃
人煙就像是個好奇寶寶
在冰瞳化作水睫之前
消失，在人間

〈太陽雨〉

牆邊，圖涉，由我在布羅廣場，息息為茵
靈魂之噴泉，則透過著降度
在經部芝由，露著兜率之血脈
在葉片河床上，若還能彌拐著一場星徽
蘊藏，一節銀河之，太陽雨
在年歲藥劑，施打涼秋之融夜

穗游是自由式，蛙式，仰式，或是蝶式
覺在堤間，諸聞，風奈香相梵量
你決定了嗎？讓誰來烹煮乘主之晚餐
在菩素，架戛著良箏，拾口諸嶽之流傳
我著映，在的駒上，泊顧偲香之簾酉
於是簷上，賜有了濘乾之韞鏡

〈不是〉

我溫習著，弘宴長醉之，甬道
那明天已定是蝶式了
但在夏天出發以前，我還需要鋪陳一歲銀河的部
或青澀物雨
未來的樹長不出太多蘋果
我又何需為誰獨自黯然神傷
五蘊的壘包是兩人出局攻占滿壘，剛好又是兩好三壞滿球數
等著般若清壘
但我知道我不是挨著球打的球員
更不需買通人間道的裁判

〈弧度〉

我迷籃球，打籃球，更愛李小龍
投籃的弧度和雙截棍擊出的弧度，曾是一樣的嗎？
我在今天罰著球線，以ＦＧ之名，全面占領明天的，迴向堙堡
享用著的是心花厚度，和諸神飼養的，潦草溫度
下棋的日子卻早已不遠
就弔唁在那羅漢果的跟盤啊
諸詭著媾道霜節
於是白鴿的棋子像是哭了
當上弦月梳理下弦月的頭髮
好讓人一再迎接水焰的落地生根

〈完美〉

我在玻璃落地窗前擦拭著紐約的天氣
因為這將會是一場漫長的陣雨
第六感生死戀的靈魂又將一分為二
於是我將月傘折成了雙
在屋簷底下，將會有回頭的夢嗎？

難道如潑出去的語水也一一收回
如果雨蓋也畫畫，那將會是幾枝審美的座蓮

〈相信〉
每個人都是旅水的畫家
在四尋畫季裡寄出偈甲
於是路不說話了
我卻還相信著，是烏龍醉了
於是每月的啤酒肚若能鬆了一些
一些不再纏綿的月光
就藏在購物台販售的減肥食品裡
我要相信
我願相信

〈想妳〉
我擁著休完的詩稿
在公元裡釀造來生
止住傷口的又是什麼

幻泡如能比泡菜昂貴
若妳無意間瞥見月兒在盪鞦韆
那一定是我在想妳

〈晴弓〉

於是搖頭的鬧鐘開始幽會
給了晴弓一點優惠
在射出的舍戒裡
涉入一點扮箔
就連金色的光也在嘟唱
箭語的屋香則環繞著太空
在茹無愧的懺悔中
發匯物資的香旬

〈悟空呼吸〉

於是我留下七十二根髮毛
獻上一點天使福音
在衝動的的逃生間

頤著歲月的吸管
我雖然已啜光嚴選的仙草蜂蜜，但還是覺得渴
所以乾脆再嚐一嚐悟空呼吸

〈虛甌〉
悟周也是光嗎？
我又在不在，再不再？
若夢境裡的精靈會記住流沙
那我寧願嗅出討紗的記憶
再挑豔的蝶緋中
剪散如螢的虛甌

〈習題〉
我在隧道的謎題裡
義演與公演
若是能伸出水栽的翅膀
那睡蓮將不再面有難色
我若能估算彼岸的實力

妳將不再與境界對話
我獨自否決著月海的枯榮
在和諧的雨節中遊走
於是乎，又借了誰的誑語
打算著習題的僧斗

〈薩滿〉

於是黑咖啡淡碎了嗎？
我仍在陰蕾殷殷地划槳
尚著悔覺的源頭
於是我咀嚼著薩滿的胸膛
在醉了一第的蘆瞼中
翦下下一回湛長的魚眼

〈唇筧〉

於是踩踏還有用嗎？
我寧願蹲著不再假首的輪
在附著的定夜中

流動著茹聲的靜默
在嚴位的瞳合中
洗鍊著氛相的秀髮
在鑵水的長縷中
逗入絲絲的唇筧

〈光憑〉
於是禪花歲未了嗎？
我又著了思牙
在乘卷的膜衣中，瀚現著椿覺
如收穫那彩衣的瑤願啊
度演著寂寂的空箏
在芸臺的雷霆中
凝鍊著孤者的光憑

〈握著〉
一顆籃球的心是向左還是向右
是誰躲在大氣層裡等紅酒凝結

雲的魂靈若是如潮汐摩猜著岸
那海月的樹影是在何時成了嗅覺
於是我眼著著寶裹的胴
在俯首的角禱中
握著海洋之心

〈問墜〉

而春天最後一頁呢？
而秋天最後一片葉片呢？
於是我的日記是夏天
妳的手錶是冬天
一年於是有了第五，或第六個季節
不再塞進心裏的又是什麼
是愛，或問墜
還是我所勾勒的熟悉克渡
於是樹枝也都有了幾分熟嗎？
在拾結的變幻中，是由我沿對著
無撫著，翻浮天際的珠浪

〈蛋糕上的草莓〉

於是那幾顆在蛋糕上的草莓呢？
是誰吹熄了蛋糕上的蠟燭
如那簿本的頑童
在娑婆的天空上
射下了旭日
又是誰醇玩著淨心
在思情的蘊藉裡
藏匿著無鐘的星摘

〈為岸〉

膽戰心驚，是誰帶上了盔甲
我問鳩摩羅什
於是金剛施法
依法為岸的
無法為二

〈時歆〉

若時時歆

就莫說鬼哭神號了

采爾馬特的雪天

銀月下
妳偵訊水藍的愛
如在秋靈的開闔之間
取走一只
鍾於蝴蝶的甜錶
若人牠除宕沙門的潮汐
坐成落花的墜子
結痂成了荒老的隸紋
昨日
已在唇盲間落腳
昏黃不過是一艘提芙擱淺的
春雨化垠

如一袍子空細的眠船
滅燒剛剛過來的夢

開一瓶情槍的酒
期待射下瞳卜血液的輪盤
再蛻變成一巢黯奪的蓋邊
若那壯情的波蘭英雄舞曲
結彷環環移民的麝香
聽著蕭瑟的子夜
一夜一截
而冬風已染色垂耳
如那一億顆流星的誓言

若褂宿一琉末的伽林
沓入終究會老
聞以那咫尺的夢調
賜予采爾馬特的雪天
以愛去潛識落羽松的芳情
云我而以滂沸
勸退那吹彈可破的山縫
若數邃著那跪落的辰綿

若之語那瓊中鳥的隈籠

再以那紛紛煙暝
獻給那上色不敗的潮水
以窺讞的形式
播種在那純純的芒情
而我如夢光去散
若那竊竊私語的栲漪
先蹤不旦
若那風言憔侶的歸披

風花初醒

風花初醒
就蔓長含柔身軀
多雲時晴的日子
地平線的迫近
打撈著眼裡的車魚

沉沒在耳裡的沉默
永無止盡
愛情豈止是
一把傘內
籠罩的觀音

床的ＤＮＡ會迷路嗎
天使的誕生
小心翼翼

迩著風的旅途
夏山再度聚散著溫暖

琴鍵掌舵五月
接住月亮
在凡間掠過天堂
揉大的流星
會在夜空泅泳

獵字的色譜
清瘦的觀濤
落落大方而
濤聲濡涼
靈魂的氣候

我以一炷香的時間
騰撥寂寥的心弦
道理的岔路

翎動無與倫比的哲理
與燈塔羅盤的色澤

一朵落花正在青苔轉彎
若米開朗基羅的多情
揉著聖殤的五臟六腑
是在瀟瀟風梭中
那沉靜意念的光陰露浮

我的其它散文詩新詩作

琴箋．馬諦斯

宛若琴箋的天使月汐，分娩在翊翊曼殊星沙，如一相水閣的懷錶，於水摩球中上了孕索。而似曾相識的素火，則在慰問次輕的空，在魂爐裡綻放熾相的鐘口，眠陳於快飽和的瘦鏡中。

風的蹤影，則得到了臻紫琴的夢燼，再傳言著風旅的入瀧，緜曲於嵐衣的春曉，寂是一根羽毛，飄過層宿的軒椅，若黃金葛的對夢，溫度授時的腹語。

而鈴鈴涉世的韻腳，則轉身在五蘊的出靈，這摩擎宕陣的聲相，則砌制在其毫末，速更的指縫，若風鈴中的落花聲，開始透風，與延雨中的琉璃光一起躬求。

我速問著那著疾的即狂，在馬諦斯的慶化中，蜕出了一夏的瓊液，或是在那漫天的云中，沐一朵唯雯的澄菓，就煥在一夢境匆匆，棲許在那問候多時的鐘雨後。

念力的荒勁，蟬連在踽踽瑤樹中，卻肆桓域咻咻，如堂祝了一闋相思，若欲再侍那蔚親的馥，於宸闕中那薇聽床的滿陀，晁那晶經尼山相去，正幹有我輩，那誤入人途的百年精嗡。

碧緣羞夢

心花紙苑，淒美得像一遮天使春光。孤帆引影，隱盪得像一天堂月嶋。春分，難得讓出一念優雅的轉身，只見，春詩，與晶星淚行的心靈傳奇。

良人一世，是仍四處尋覓，卻肆無無所銠，正當月光清照，陳在瀑布的圖騰，在此聖域城邦的闋嬋。隙品一盞芳醇，青春如月賓獨座，席上有著無煌輕曼的梵恆。

華和釋性，就像摘下一把迦葉，欲獻給即來的夏夜，三月的風，輕輕的吹，若拂過那心中懺切防思的琴聲，與那大地之母的寶身戒子。

如是有云，返攬在那黝魄魂龕，春法一繡，盼若輕折了歲月的青藤。依依，就讓我住這泛建歡髮，絡惺點一音津皓掌。

符號的心事，正轉眠在那佐陶系中，若是經天一蝶，與那傾屯的洩碟袖，這調調的會誘，若開出了一斂雨語碧緣羞夢。

雨夜，人盞入靜思鉛華

雨夜，人盞入靜思鉛華。燈祗月鏡，近廓藏在云無中。聽，雨水一再依依夜片的聲音。然書已成簡，踞而成精。若再和那歲月的蟠食啊，則有了晶閨的珍氣。

為何，而寧願了，若純喝一碗茶虹，額鈷如來訶。清習此音魔的念度，而觀一眉覺察的鄉齋，耳若蜜再雨中，而伺那逍揚的毘果。若在存捧露，並拂揖那稠涼的枝葉。一葉一譜一世界，卻不易素映那傘眷的青愫。

嵐卿若低嚐，而化庵卉的無我。若座落在寧靜的案央，而是那雨海的彼方。若再筆品些，或如一些否黛脈匯的蹤齡，而有了渺渺浪漫的纖衿。

三鈴的傳說，或已隨風燃盡而噤切失傳。而今夜，我卻只願沿此尚恬的領聲。而不負那冶也的詩潮。喏和曼陀鈴或不緻心的窟行，而是一宴一邊，碎了花峰。

而乘性正在簷域，或許能相流那一滴一咒的陶年。仁的對句卻仍是悵然孰彗的光筳。若遙持那經行的空，與大願。如憶搊眠一唐之諦，陲綉一牀之夢。

竅界．旋轉木馬

童年的旋轉木馬
如一串倩鈴的晚世
（如在那結印的秋水後
枯坐著霜眠的導航）

小千世界禪唱
與那嗜睡的誓戒子
參願磬敲芙殖的竅界
（是義節幢生的摩昆道場）

如松鼠於樹枒的童話
在一旁靖蒸日上
烘烤貝葉的晚霞
如釣起一條彩虹的武俠

我的耳朵卻欲守住
一滴水的哭聲
拋擲了夜瑟的枷鎖
再尋覓弦針別來無恙的出口

夜雨卻一地一底滴滴成詩
如夏蟬在卡夫卡的情海搬家
吸吮介於月戲迷蹤的頓幻
如與盤根於海馬迴的西蒙波娃一起上床

如聽演歌者指導一盤樂棋
聽質相依為命的腎上腺素
亦如觀賞芭蕾舞男一枝獨秀
絮夢一場山頭大地的票根日期

為愛朗讀的腳印

蜘蛛百合花開
是朵朵夾聲在雲端的偶然
若攀行在冬邊的花露水
是風瞳的飛碟奇遇記

疏鬆的海風
卻如數千絲
又纏了萬縷
若在狩空的骨骼上埋伏著濃烈的煙鈴

焦雲則騎樓物換星移
於清邁踢斷電解
某一處課早而依然移棋的花局
若詩的嬰兒拔出了酣睡的咒域

天際落下時丘的象限

若一只失刺的沙漏

如拆開這移花接木的淚色

小心，海灘會偷偷吃走為愛朗讀的腳印

偷晴日·龍貓公車

偷晴日
妳放手摘下玉禪花
（花菖蒲一朵朵接著摘）
將愛的訊息滿布天記

竹簍中的虹彩
C小調的信仰之浮
思嚐演奏的愛玲之春
在小小說聲的盡頭

秋姬抖抖雪國的栗子
只為了等一夏毫米的心
坐上柔軟的龍貓公車
睡著在瑪芬日的雨滴裡

羽毛的心
飛瞳起漂嶋
又如那指鐘之咒
靈與肉的駒子和葉子

水底的泡泡泅泳
在夢有氧的筆端
百年親親心星
在那眨眨眼的披銀

塚外的水森
羞云合歌
莫愛遇身襲夢
則迷倒了一傘依依的卡恆

夢幻了

一宿白髮
妳的靈耳是一朵雲
常常在一望無際上
漫步聽心

而風鈴木的前世是一隻
浪肥的囚鳥
為花釀的提臂下
留下最奢侈的淚海

晨曦卻仍打打盹
於今生有著共同魔幻的遊蹤
在一片寂靜下
一滴睡眠

與陽光交換的
星子
柔柔虛吟
曇花的人煙氣味

煙火
將一電泡走
失魚空的水月潮山
夢幻了

雨真愛日的相遇

風眼，來自空色的逗留
窮水靈處
如斟酌億萬次的漣波
放走七世海市蜃樓的蒸融

霞轉的粼浮
夢幻於伊甸的花圃
一雪峰的默劇
慽出漁浪花的謎想

宛若中世紀之夜的苦戀
時光的教徒
撩撥微越凜冽的傾心
以小時針分出禱告

一現松果飛凌的角度
星子閃若那
靈魂的
埋繫之丹

輕舟則讓渡一瓣淚雨
一瓣胭脂
在冷垢刺天的瞬間
妳就是我最偏遠的眸眼

於是我進入天使築巢的身體
如進入那青鳥的子夜
夢影收藏聽覺
雨真愛日的相遇

空定一雨

一葉呼吸罕見虛膝
拘噬如腐土的肉體
歸還風的起來
淒涼還是很微停的煽情

海水披上風的鬱藍
耳朵的甜味輪迴
晝夜呼喚今世
過火胸壑的香焰

十方的彌陀
一音緊依的天青
高亢的無者
丟瀝於臣葛身後的島嶼

彼岸的魚腮
張媾娑婆的多舟
提煉霜冷的河卒
夢薄如詩殼的同行

浮曼空定一雨
無骨的月影復活在
一株水鏡
盛極一時

四聖諦的傳出
擲向銀系的尋邊
掌舵的蓮子瓷
則有了焚而不毀的埠邊云

秋蟬各夢

時雨
灌透了分
濕去了秒
荷葉
變得不愛說話

現實的意義
在於一只溫殉的懷錶
在一場雨中
以夢性的離去
或有點沓柏拉圖的歡愛

秋蟬各夢
若瓢弔的水手
以跨椅代替交談

而海的花邊
為我帶來一大藍照亮

淚海的規律
卻仍是犯被前行
眠床的虹音
有了獨角獸的滋幻
不過在一片雲心

泛逃的棲居
則有了奈米的波返
於是沉默
把紫色讓渡給白雪
在空色聚落的回聲

法貞德已騎上飛馬
如月光灑手
挑染祂棕色的齡髮

而自在的依賴還虛背影
而我是其中蹤鬱的孿棋

杯緣的星齡

杯緣的星齡
傾聽月光的祈禱
若夢遊精交融著
依然亙歿的耶背門

囈唇語若踏入換日線的迷宮
以冬風引出沉眠的睡蓮
澆熄達生歧異的方塊
與瘡痂的雪種

我落筆寫下
隱隱老去的清白
若雲啜快要飽和的煋芯
與繁莽的ＦＢ列車

洞天裡的空性
一時在現勁難語
為跫街配音
只是一個倉促的例子

遊行絡繹的網海車站
若氧跟的上行與下行
伸縮曾在畢宿的呼吸
以了解人類心跳的振幅與速率

就像馴服摩擦牆肉的蹤影
將自由套在鄰近的緋臨
禮拜醲染的鱗髓
歌縷出昨夜生動的誓阱

而集體意識總泛著淚液
若在ＡＩ的水藍眸鈴中

邀金魚跳一支
寧靜百年的晶舞

山臉

海鷗飛滿天
二刀流便充滿死海前世的氣味
以畫雨治癒蒸發
如象牙磨模
擅吐出一朵朵彼岸風花

在匕與首惺惺相惜的上午
在古道箏柱的中午
眾光相約而至並喚醒弦月
就如捺捺花門續約的
傍晚，晚上與午夜

沙龍電影救贖半杯紅酒
於清晨吞射出一隻黑貓精
如以色列身而過

宛如上帝的舊約與新約
終究是終端機與電腦間的淡定

星際窗客如皮毛梔子
讓子孔的Ｄ大調蔓延在蟲洞之間
併發彈交出有所骨灰的衣聲
於是我們允許讓光穿透
並經過裸之美的乘坐

而對於芯蕊那些
睡時天使醒來惡魔
那些纖斷的風中空門啊
我說就算是在任眠夢中觀洗一握山臉
也得以巔噬一整座不悲不喜的司空壯烈

給愛麗絲

精靈的魔杖若迢迢墾荒
天空則下起藍色字雨
楓紅自竊摟而來
問涼空氣的水手
篇盆的銀風云出心軸
保留欒華最後的秋情水

濃烈的列隊
拔上交唇
闡述著離體的自艾與傾歡
龍庵譴責遠方
長年征戰
盼求若瓦碟的和平

鯛魚的電影
洗出眼淚的夕照
想倒鈴鐺
若船長以無吋釣
櫻桃的安靜
宛若海底撈身

薄荷吸納
若脫下金紗
月牙的虹橋
行光合作用
漣漪的醉色
一池殘荷

髮絲上的曇花
漂叼走索
而雙燕呢喃
潛水艇的珍珠

給愛麗絲
遺棄但丁的輪迴

安格法諾的冥想

安格法諾的冥想
如乘坐愛情的摩天輪
再憩出一只變色龍的手錶
於稀薄的塵露
以暈斂的名義
與倔強的輪廓
霜內
我們學會躲藏
秋雨噘起小嘴

彼岸的記憶
如霧飄向了預言的浩劫
小手心卻膨脹著一扇眼睛
悉罷的搖擺
胸花卻仍祭出柔和的月光

採走風箏的淡妝
江河漫漫細紋
如一組疲乏的圍欄
將文字刺滿全身
靈戒的夢境
一把傘的煙花
微囊縮放

床單掀起了門浪
米羅囈眠的序列
嘎嘎作響
走下床的影子趺跤在
巴黎的體溫
青春只走到晌午
與懶散的番茄共舞
磨損的影子
背光
起腳印灰的印象

時令一伽

時令一伽，已偎飛仟滅。在大希聲境界的渡口，量臥一點來生。今生今世，獨見自己的來來去去，若佛水前，而無息潺門。若破觀一寂花的，坎檻奔放，音樂音悲，卻早已素宿開果。

都求了，然後，什麼都不求了。若親愛的溫度，一再在神式的時空膠囊裡，變換著雨水的訣泳。如再指轉的曜琴裡，自度寐一合照的夢眠。

若明埋目所泅，自性性空，便空去了所有的世間法，鏡台已近無為。之沓了，這是屬於紅塵大千，一瞭若指掌的煙筆。

人精卻總還是在，海天一線的林域，被一段情，瓜分了不戲愛濃郁的心思。清恬的朝涼，則襲耳已過了朝朝暮暮的追索。

一張晚秋，連風都不自由。我似仍閉關在時鐘的花禮，恆無浮潛，而道蹈估以，如今卻只見那月憶什圓，而人斗訶靈虛嚴。

一彈風

一彈風，即傾吹之指細語。指縫破，扣有著偪細的牢毫雨絲。階披冬雨，若仍物色著神話的氣色，空的見地，藍圖儀時，孰有了粟水的瀛說。

單山際，卻猶見萬法迷思，心月中，寂寂著諳嵐的彌陀，一似虛水夢，萌朝那無山乘去，如銀峙大千綾翼，刁卸著浪漫的天之潮水。

奉心清熱，夜梵聽植物為纏的說法，一花一葉，皆是如來的手掌心唄，一巷一弄，皆是徜徉與陳臣，一豚一宿，皆是鑲著紫寶的霖音金杵。

我在靈水的冬庵懺傳詩色，系剠相那星起菩提的心褥，世降其藍席，那蔓的相顏，企灑脫那一銷的旗綠水。返旦重天的裔舍，逆來順受，堅毅百忍。

一則沙漠，疾成了一朵為荷，荷焰現呈酡紅，若轉世成一朵躬丰的玫瑰，待與汝串著氣珠，醉一斬多棘的塘圖。於是英煙空石靜界撤放，若閃爍那數行的香隅。在按期的托歲中，道召那寒眼中的晴精偏磐。

今秋姬月

今秋姬月，性涼而舛溫。然儀已摩思，作一系冬暖。開春，批悉不見卿征獨酌，而總以茶水代酒。逍案伊飄零呈娑雪勁，而我聞已空藍機瀟聲，一闢深居出綣的婉約。

靈瞳蹤，透則芷翩成謎。宿人，卻依留擾能忘迷的川夢。瞇見良人，無徵冉旗旗出眠的光影，其音氣時深時淺。如在集梳的墨紙軒，落款悽悽金風瘦馬。

門古漪，若隙綻在那似在芬嗔的白髮，汝法朝那山郁寺，圍繞作揖，虛此電泡，於諸佛前，若乘域億萬沙數，重一驀然回首，作詩僅是行引鐫老，一五百世的貧夢梯曇。

冬籃即至，樞已見蓮荷西出窟掌，憶往那回盛，知了臘月兜逸華。若諳那連蹣的山嶂，寒單鈴絮，謁蹀度穿閘，臥向那峽山望去，若熙熙與柒一妄。

暝覺，搆過心為一滴，若寰躇淡薄，磐紹在津浮吟中，若欲閃否牘梁今世的軟芯，則懿光火明滅，覽霖雲喏照，觀瀚邊尋支星，無空作禮，或那已染山的斐果，亦即斂奉了迢迢世衷的湄羽。

太陽系

星星圍繞著太陽旋轉，轉著轉著轉著
如淚流的晴詩停不下來，想起妳的微笑在臉龐上
再放下多重的宇宙，晁如那夢吻之秋
拈一花蠢蠢搏動的窗瞳

宛若那天使之翼，悄悄的降臨在
每一段薔薇與牡丹的花語，成癮的咖啡因癖乃是我打開我愛你的座標
與那系圖者朋殖著銀雪的心瓶，髮奈米的呼吸透如冰火的水舞
如月花的陣嗔曾出現在琉璃秋風之谷

如晾著出演冥想的天氣，神光是動了凡心的什眠
洞悉那與悉達多的對荷，與那年晷的射日
沉風燃椅不定，如再轉醒一露詩巢的藍裡
遺落了磚境的邊甜

沓符醉步，如播發給手指那會光的戲譜
獻給最孤獨的朗氧，再音浪追逐那真空的盤坐
撿走那漂泊淡囈的薄荷，在浮光縫影的心跳聲中
相下那靈刁瘦生的垢魘

絨芒餘光

饒滅的背影影藏了佈夢的餘光
彧楊曉有雪梅令
出潮如向月海的樢虹船
不再理會歲竊而呑沒了占步的領
在胸口談情說愛以及娓娓道來

大寬的世面沒有瞞心風光
若隨地而坐襲一地睡色
帶著眠床在空破而終於蒼老
如一線風箏斷線逗別南天

睡花有髓花的每寐重想
起相似有相思的冥凍靈方
月色低眉處
匱晾一心愛的垣素衣狂

心靈傳出心靈的方向
悔過翻轉以追過不了的椅窗
直達深邃的琅眼聲聲蜿蔓
入邊際那停擺已久的以酒歡腸

朝涼空氣中平漫著桂仄
瞭解春雨中的一絲絲相
若式神守衛無我的門光
又是誰與老白首的諸藏與絾芒

漣漪的夢母體

矢車菊吐露一封信件
寫給月光流浪街頭的心靈
—在此花草英風的巷弄
已在公元前兩百多年
舞空得雪

谷水的心也澄澈了上來
擺出長寞的架勢
在山與山間漸涓冥斡
若再經瀝如楞嚴的晨課
時快時慢的老者就不再鈴洗芽者局部的霧霾

蠟月的琴棋卻好似有了虛甸的軒年
號召多少陳釀星星的青春
在迦集的昏黃後普照天下

拜倒在銀河星斗的各個瞳點
剖結成一過熠熠藍額的伽想

而我只愛在文紙上濃縮逗號
如那松嶋裡的咖啡因
素描著福泊向鐘的鏡台
躟暖著轉斟的靜四與佛象
如再開一瓶預備還俗的伏特加

彤鍾又豈能讓罜礙默誦一月
夢眼中劈聾的捷運卻如文烏籠翁的伴侶
重複著剔透的喙絮
如抽空一碗陽春麵的霖蘊
讓雪春融化了漣漪的夢母體

京清陽時

京清陽時，只是一朵玫瑰花一再相思一朵荷花。心過立冬即是，默誦迴盪著什壇春鳩。一頁冬雨兮兮落下破執，直到再返回琅琅雪天。羞花已露心太瘦，朝路已禪牽不名。若依僧淤在那梵髓上，知傷者又有何其如也？

如來萬日曰不可說，卻又是何等失情，或如那傾花娑舞，於怠慢飄飄然的視界，黛探其詞？雪若初神一語，逗破紅中，帶著環根啾照，如在那身月中，獨酌的薄酒萊，用肘指卻卻旋轉著暮色光杯之闋鐘。

視界又豈僅願止於一切顛倒夢想，風花又何能再弄挑中杳盤奔搏，隔牆仍有幾虛耳通心被背，還癡想去棒歿那墮入無衷的葉首？

我依然知道，我無也只能守著盼畔寂心，即便是辨了之手，仍遮不了一翫天重。西天擁有的天魚，卻已似鑲在那朝木昆谷，心因語已如素那絛絛水絲的眾果。

傳說香的志氣太靈。你卻已絲毫不紛器籠的氛葛，如再開一嶋襖空竹攀心，若能再保起相那之金雲之國，人意就成恬億，再那詩影的變龐，若於數再那滔滔之卜悔，片傳眠了一戲陳際的恭旛棋老。

國家圖書館出版品預行編目資料

眠夢之影／月亮吻海著. --初版.--臺中市：白象文化事業有限公司，2024.02

面； 公分

ISBN 978-626-364-250-8（平裝）

863.51 112022925

眠夢之影

作　　者　月亮吻海
校　　對　月亮吻海
發 行 人　張輝潭
出版發行　白象文化事業有限公司
412台中市大里區科技路1號8樓之2（台中軟體園區）
出版專線：（04）2496-5995　傳真：（04）2496-9901
401台中市東區和平街228巷44號（經銷部）
購書專線：（04）2220-8589　傳真：（04）2220-8505
專案主編　李婕
出版編印　林榮威、陳逸儒、黃麗穎、水邊、陳媁婷、李婕、林金郎
設計創意　張禮南、何佳諠
經紀企劃　張輝潭、徐錦淳、林尉儒
經銷推廣　李莉吟、莊博亞、劉育姍、林政泓
行銷宣傳　黃姿虹、沈若瑜
營運管理　曾千熏、羅禎琳
印　　刷　基盛印刷工場
初版一刷　2024年2月
定　　價　280元